어른들을 위한 동화

은행나무 할아버지

어른들을 위한 동화

은행나무 할아버지

노희석 지음

좋은땅

아 참. 내가 여기에 왜 와 있는가.
무엇 때문에 와 있는가 하고 머리를 긁적인 적이 있었다.

여기, 이 세상이라는 땅에 가 보고 싶다고
누군가에게
애걸복걸하며 매달린 적은 분명 없었던 듯한데
내가 어떻게 지금 여기에,
와 있는 것일까 하는 그런 의문이 든 때도 있었다.

아니, 그렇지 않고
혹시 누군가가 나를 여기에 보내서 온 것은 아닐까 하는
그러한 생각이 문득 든 순간,
나는 무릎을 탁 하고 치지 않을 수 없었다.

맞아, 그랬었구나.

이건 그분의 심부름이었던 거다

이 땅에서 나는,

그냥 내던져진 존재가 아니었던 것이었어

천지창조 그 놀라운 조화와 질서,

바라볼수록 눈부신 생명의 경이들 앞에

절로 터져 나오는 탄성.

그 탄성을 듣고 싶어 하였던

그분의 뜻으로

이 땅에 나를 보낸 것을 알게 된 그 순간,

번쩍하고 뜨여진 나의 눈과 귀.

지금부터 오로지 내가 해야 할 일은

그분에게 고맙다고,

두 무릎 꿇고 눈물 펑펑 쏟으며 감사하다고

만나는 생명, 생명마다 반갑다고

우리는 하나라고,

영원히 나누어질 수 없는

우리는 하나로 태어난 것이라고 말하는 것이었다.

은행나무 할아버지 말씀을 통해.

2022년 겨울

心軒 山房에서 노희석

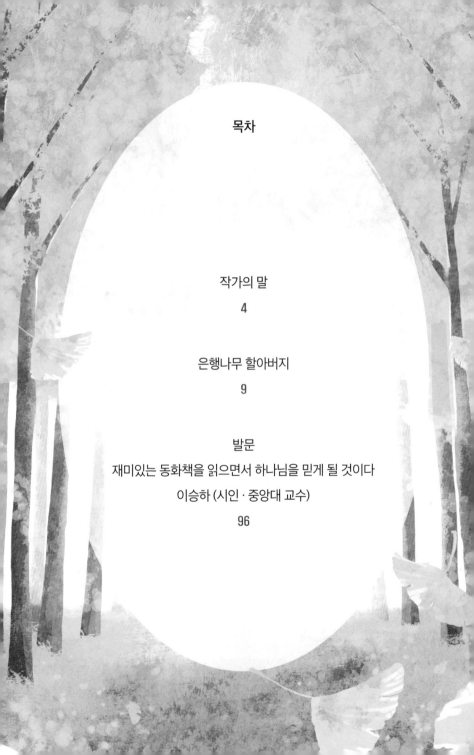

목차

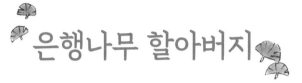

은행나무 할아버지

아. 이 얼마나 눈이 부시도록 아름다운 강산인가! 문득 고개를 들어 푸른 하늘을 우러러보니 절로 눈물이 난다.

우리의 이야기는 신탄리 은행나무로부터 시작된다. 누구나 그 지명을 들으면 신이 태어난 마을이라는 것을 쉽게 짐작할 수 있는 곳이다. 우리는 창조주라 부르고 있는 신이라는 존재는, 처음부터 존재하고 있었다고 굳게 믿어 왔었다. 하지만, 신이 태어나기라도 한다면 신은 과연 어떤 곳에서 태어나고자 하였을 것인가.

　한반도의 등줄기를 이루고 있는 백두대간 그 허리께쯤에 산이 병풍처럼 아늑히 둘러쳐진 곳이 있다. 계곡에서는 언제나 맑은 물이 철철 흘러내리는 산수 경계가 빼어난 고장이 있다. 이름하여 신탄리(神誕里), 누가 그런 이름을 지었는지 아는 사람은 없지만 신이 태어났다면 바로 이런 곳이 아니었을까 하는 생각이 드는 곳이다.

　그 신탄리 들판 한가운데에는 적어도 수령이 오, 육백 년은 되어 보임 직한 은행나무 한 그루가 우뚝하니 서 있었다. 언제, 누가 어떤 연유로 심어 놓았는지 지금까지 알려진 것은 아무것도 없다.

　그 은행나무 밑동 자리 굴속에 누런 황금빛을 온몸에 두른 금
이와 옥이라는 오누이 족제비 두 마리 살고 있었다. 금이와 옥
이는 신탄리 들판 논두렁에 구멍을 파놓고 그곳에 몸을 숨기고
사는 들쥐 같은 것들을 잡아먹고 사는 것이 일상이었다. 오누이
는 언제부터인가 신탄리 들판의 이 은행나무를 할아버지라고
불렀다.

　가끔 등이 가려우면, 은행나무 할아버지는 오누이에게 등을 긁어 달라고 부탁하곤 했다. 그러면 오누이는 자기들이 할아버지를 도와드릴 수 있는 일은 바로 이 일뿐이라는 듯 잽싸게 굴속에서 기어 나와서는 은행나무로 올라가 할아버지의 가려운 등을 시원스레 긁어드리곤 하였다.

어느 겨울날, 밤새 함박눈이 소복이 내렸다. 신탄리 들판은 마치, 하얀 이불자락을 펼쳐 놓은 듯 온통 눈밭으로 변했다. 논과 밭, 산과 강이 하나로 어우러져 꿈속에 빠져든 것만 같았다. 마치 유리 보석 가루를 뿌려 놓은 듯, 들판은 반짝거리는 햇살로 눈이 부실 지경이었다.

"애들아. 일어나 눈 구경 좀 해 봐. 세상이 바뀌었어!"

할아버지가 굵직한 목소리로 금이와 옥이를 불렀다. 부스스한 얼굴로 눈을 비비며 일어난, 금이와 옥이는 굴 입구까지 수북이 쌓인 눈을 보고 깜짝 놀랐다. 오누이는 고개를 쭉 빼, 눈을 밀쳐 내고는 그 뚫린 동굴 구멍으로 바깥세상을 빼꼼히 내다보았다.

"어머. 언제 눈이 저렇게 내렸지."

신탄리 들판은 밤사이 전혀 딴 세상으로 변해 있었던 것이다.

"오늘은 절대 바깥나들이를 나가면 안 돼. 눈밭 위에다 발자국을 남겼다가는 사람들한테 들키고 말어! 그러니, 나와 두런 두런 얘기나 하며 하루를 보내자꾸나."

"예, 알았어요, 할아버지. 그러지 않아도 나들이를 못 가 어쩌나 했던 참이었어요."

"금아 옥아. 눈이 왜 저리도 반짝이는지 알아?"

"잘 모르겠지만……, 햇살이 비추니 거울처럼 반사되어 그렇지 않을까요."

오누이는 그 이유를 잘 몰라 대충 그렇게 둘러대고 말았다.

"그건 바로 눈이 가지고 있는 육각형 모양을 한 결정 때문이란다."

"아니, 눈에 결정이 있다고요!"

"할아버지는 어떻게 그 결정들을 볼 수 있었나요?"

"나도 눈의 결정을 처음에는 볼 수가 없었지. 깨닫고 나니 결정이 보였어."

"저희들도 할아버지처럼 깨달아서 눈의 결정을 보고 싶어요."

금이와 옥이는 눈이 부시도록 햇살에 반짝이고 있는 눈의 결정을 보고 싶었던 것이다.

"깨닫는 것이 그리 쉬운 일인 줄 아니, 이 녀석들아."

"그렇지만, 노력하면 안 되는 법은 없다고 하잖아요!"

"사람들은 돋보기를 들이대고 눈의 결정을 보는데, 너희들은 돋보기 같은 것이 없잖아. 그래서 눈의 결정을 볼 수가 없는 거란다."

금이와 옥이는 할아버지의 말씀이 몹시 못마땅하였다. 오누이는 할아버지의 이야기를 듣고는, 한 번에 풀쩍 뛰어내려서는 까만 눈을 동그랗게 뜨고 눈송이들을 뚫어지게 쳐다보았다. 그렇지만 눈의 결정이 보일 리가 없었다. 오히려 내쉬는 입김에 의해 눈은 스르르 녹고 말았다.

"할아버지. 눈의 결정을 보려 했는데, 그만 눈이 녹고 말았어요!"

"눈의 결정을 보는 것은 쉬운 일이 아니야. 하나님은 과연 눈을 어떻게 만들었을까 하고 하나님이 지니신 창조의 눈으로 눈송이를 바라보았더니, 글쎄, 놀랍게도 하나같이 똑같은 육각형 모양의 눈의 결정이 보였어. 얼마나 흥분이 되었는지 몰라!"

금이와 옥이는 할아버지처럼 깨달아 창조의 눈으로 눈송이를 볼 수 있으면 얼마나 좋을까 생각했다.

"금이야 옥이야. 처음부터 눈의 결정을 보겠다는 건 욕심이야."

"그러면 어떻게 해야 해요?"

"먼저 마음이 고요해야 해. 온갖 잡념을 버리고 하나님의 마음으로 돌아가야 해."

"우리가 하나님의 마음을 어떻게 알아요?"

"모두가 서로 다르지 않고 하나라는 사실을 알면 돼. 그것이 하나님의 마음이고 깨닫는 것이지."

"들쥐들이 다 어디로 사라져 버렸지. 오늘 하루는 굶지나 않을까 하는 그런 걱정도 일종의 잡념이야."

"할아버지. 그러한 생각도 하지 말라는 거예요?"

"그런 생각을 버리는 것이 바로, 깨달은 것이라 할 수 있지."

"배가 고프면 자꾸 초조해지고 불안해지는 걸 어떡해요?"

"하나님은 적어도 배불리 먹을 만큼은 아니라도, 너희들이 살아가기에 충분한 들쥐들을 내어 주니까 너무 걱정하지 마!"

금이와 옥이는 은행나무 할아버지 곁에다 굴을 파, 집 지어 놓고 살고 있는 것이 무척 잘한 일이라고 생각했다.

"머지않아 제비들이 돌아오겠구먼!"

할아버지는 그윽이 눈을 들어, 남쪽 하늘을 바라보며 말했다.

"뭐라고요. 제비라 했어요. 아니, 우리 이름과 똑같잖아요. 할
아버지!"

"그래, 너희들이 이 땅에 사는 제비라면, 하늘을 날아다니는
제비도 있단다. 삼월 삼진날이면 어김없이 강남에서 돌아오지.
그들이 돌아온다는 것은 머지않아 봄이 온다는 뜻이야."

봄이 온다는 소식에 금이와 옥이는 무척 신이 났다.

"할아버지. 등이 왜 이렇게 거칠어요?"

"너희들은 잘 모르고 있었구나. 몸집이 자꾸 커지다 보니 어쩔 수 없이 등껍질이 갈라 터지게 된 거야. 나이를 먹어 간다는 것일 수도 있고……."

금이와 옥이는 할아버지의 거친 등을 보자 안타까운 마음이 들었던 것이다.

"할아버지, 할아버지는 사는 게 두렵지 않으세요?"

뜬금없이 오누이가 할아버지에게 사는 두려움에 대해 여쭈어 보았다.

"사는 게 뭐가 그리 두려워! 태풍이 불어오고 눈보라가 몰아쳐도 나야 하나도 두렵지 않아. 다 하나님이 알아서 하시는 일인데 뭐."

"태풍이 막 불어오고, 눈보라가 치면 할아버지는 우리처럼 어디로 몸을 숨길 곳도 없잖아요."

금이와 옥이는 할아버지 말을 이해가 가지 않는다는 듯 고개를 갸우뚱했다.

"세상의 일이란 다, 그 이유가 있는 법이란다. 단지 너희가 그 이유를 모르고 있기에 두려워할 뿐이지."

"할아버지, 사람들은 몰래 덫을 놓아 우리를 잡으려고 해서 하루하루가 두렵고 무서워요. 사람들 눈을 피해, 밤에 몰래 숨어 다녀야 하는 것도 너무 싫어요."

금이와 옥이는 세상에서 사람들이 제일 무섭다고 생각했다.

"금이야 옥이야. 들쥐들은 너희들을 제일 무섭다고 하지. 왜 그러는지 생각해 보았니?"

"그야, 우리가 들쥐들을 막 잡아먹으려고 하니까 그렇겠지요! 할아버지, 들쥐가 우리들이 먹고사는 양식인데, 우린 밥도 먹지 말고 굶을 수는 없는 일이잖아요. 우리도 살아남기 위해서는 어쩔 수가 없어요."

"그래, 먹고 먹히는 이러한 관계를 무엇이라 부르는지 알아?"

"할아버지, 거기에도 무슨 관계가 있어요?"

"우리는 그런 관계를 먹이사슬이라고 하지. 그 사슬은 나쁜 것이라 할 수는 없어. 너희들이 만약 들쥐를 잡아먹지 않고 내버려 두었더라면 우리 신탄리 마을의 들판은 아마 온통 들쥐들의 천국이 되고 말았을 거야!"

"할아버지, 그러면 사람들은 우리한테 날마다 고마워해야 하는 것 아니에요?"

"고마워할 거야. 잘 모르긴 해도."

"그런데, 오히려 덫을 놓아 우리를 잡으려고만 하니 바보들 같아요. 사람들의 그런 생각을 할아버지가 나서서 좀 바꾸어 주세요. 꼭 부탁드릴게요. 할아버지!"

"금이야 옥이야, 사람들의 생각을 바꾸는 일은 하나님도 하시기 힘든 일이란다."

"어머나, 세상에……. 하나님도 하지 못하시는 일도 있나요?"

금이와 옥이는 하나님도 정말로 못 하시는 일이 있나 싶어,

너무 의아스러운 듯이 할아버지를 올려다보았다.

"그래, 있지. 하나님도 하지 못하시는 일이 당연히 있고 말고.
바로, 사람들의 생각을 바꾸어 놓는 일이라 할 수 있지. 너희들
은 잘 모르고 있지만, 사람들 중에는 스스로 생각을 바꾸고 살
아가는 사람들도 참 많이 있단다."

"할아버지, 스스로 생각을 바꾼 사람들은 어떤 사람이에요?"

"그런 사람들을 나처럼, 깨달은 사람이라고 해. 깨달은 사람들은 말이지 너희들을 함께 살아가는 친구들로 생각해."

금이와 옥이는 진심으로 세상에 깨달은 사람들이 자꾸 많아졌으면 얼마나 좋을까 생각했다.

"자, 지금부터 내 이야기를 들어 보렴. 사람들은 말이야, 털하나 걸치지 않은 벌거숭이로 태어나지. 누군가가 보살펴 주지 않으면, 혼자서는 도저히 살아남을 수 없는 그런 동물이라고도할 수도 있고. 그런데, 이 사람들이라는 동물은 생각을 가지고태어나."

"생각을 가지고 태어난다고요?"

금이와 옥이는 사람들의 생각이 과연 어떤 것인지 더 궁금해졌다.

"잘 들어봐. 사람들이 하는 생각이란 것은 말이야, 무엇이든지 상상해 낼 수 있는 힘이라 할 수 있지. 말하자면, 하늘을 새처럼 날고 싶다는 마음을 먹었다가 비행기를 만들어 내고, 바다 위를 달리고 싶다는 상상을 하였다가 배를 만들어 내고, 지구 반대편에 있는 사람들과 이야기하고 싶다면서 스마트폰 같은 것을 만들어 내게 된 것도 사람들의 생각이라 할 수 있지."

"아니, 어떻게 그런 것을 다 만들어 내요."

"우주선도 만들어 내서 달나라 별나라를 가기도 한단다."

"우와, 사람들은 너무 대단하네요!"

"그래, 사람들은 대단하면서 정말 무서운 존재란다. 산짐승을 호령하는 호랑이나, 밀림을 지배하는 사자들도 말이야, 사람들 앞에서는 꼼짝 못 하고 벌벌 떨고만 있지. 총이라는 것이 있어 멀리서도 한 방 '빵' 쏘아 버리면 그만이거든."

"할아버지, 창조주는 왜 그런 사람들을 이 땅에 만들었나요?"

"글쎄 말이다."

"만약, 사람들이 없었다면 우리들이 이 땅에서 평화롭게 살 수 있었을 것 아니에요."

"아마, 내가 알기로는 어느 날인가 모르지만, 하나님이 세상의 이 천지 만물을 당신이 열심히 만들어 놓았는데 누가 왜 만들어 놓았는지, 아무도 모른다는 것에 대해 갑자기 화가 나신 것 같아."

오누이는 귀를 쫑긋 세우고 할아버지가 하는 이야기를 하나 도 놓치지 않았다.

"하나님은 오랫동안 고민하다, 자신의 형상을 닮은 사람이라 는 동물을 만들어 낸다면, 이 세상의 천지 만물을 창조주인 당 신이 지었다는 것을 알 수 있지 않을까 생각했던 것 같아."

"할아버지, 하나님도 사람들처럼 인정받고 싶었나 보군요. 후 후."

"글쎄. 아마 그런 것 같아. 너희들도 이제야 내가 하는 이야기 를 제법 알아듣는 것 같구나!"

금이와 옥이는 할아버지와 이렇게 이야기를 나누는 것이 무 척 즐거웠다.

봄이 돌아오자, 은행나무에서는 자그마한 부채 모양을 닮은 파릇파릇한 새싹들이 가지 위로 한 잎 두 잎 돋아나고 있었다. 잎이 돋아나기 시작하면, 머지않아 은행나무 할아버지는 초록 옷으로 곱게 갈아입을 것이다.

"금이야, 옥이야. 세상에서 생명보다 경이로운 것은 없단다. 이렇게 봄이 오면 틀림없이 새잎이 돋아나거든 말이야."

"할아버지는 지금까지 옷을 몇 번이나 갈아입으셨나요?"

"내가 한 오, 육백 년을 살았으니까. 아마 오, 육백 번은 되겠지. 뭐. 흐흐."

"할아버지. 겨우 내내 옷을 벗고 있다가 초록 옷으로 갈아입으면, 무척이나 기쁘시겠어요."

"너희들이 몰라서 그러는데 나야, 늘 기쁘지. 겨울에 나를 보았을 때, 내가 오들오들 떨고 있다고 생각했겠지. 사실 좀 춥기는 했어도, 나는 겨울을 무척 즐겨."

금이와 옥이는 할아버지가 거짓말을 하고 있다고 생각했다.

"거짓말 말아요. 추워서 덜덜 떨었다는 것을 다 알아요."

"아. 가만있자. 내가 너희들에게 무엇부터 가르쳐 주어야 하나. 만약에 이 세상에 겨울이 없었다면 말이야, 나는 지금까지 오, 육백 년이나 지난 헌 옷만 입고 살았을지도 몰라! 그랬다면, 지금 나는 얼마나 초라한 거지꼴을 하고 있겠어."

금이와 옥이는 할아버지 말에 아무 대꾸도 못 하고 고개만 끄덕였다.

"금이야 옥이야. 나에게 있어 겨울은 나날이 설렘의 날들이었어. 속으로 콧노래도 부르면서 얼마나 기뻐했는지 너희들은 잘 몰라."

"저희들도 가끔 밤중에 할아버지가 흥얼거리는 소리를 들었어요."

금이와 옥이는 할아버지의 그러한 소리가 귀에 진혀 기슬리지 않았다.

"아 참. 너희들도 옷을 갈아입지 않나!"

"예. 할아버지. 저희는 여름철에 주로 털갈이를 해요. 한꺼번에 옷을 갈아입는 것이 아니라. 조금씩 갈아입고 있어요. 그래서 지금까지 새 옷을 입는다는 기분을 한 번도 느껴본 적이 없어요."

"그랬었구나. 사람들은 어떤 옷을 입고 사는지 궁금하지 않아?"

"너무 궁금해요. 사실 저희들은 사람들이 보이기만 하면 도망치기 바빠서 어떤 옷을 입고 다니는지 쳐다볼 겨를이 없었어요."

오누이는 지금까지 살아오면서 들판에 사람들 발걸음 소리가 조금이라도 나기라도 하면 뒤도 돌아보지 않고 쏜살같이 굴속으로 숨기 바빴던 것이다.

"금이야 옥이야. 사람들은 말이야. 옷을 자기들이 지어서 입고 다녀. 여름에는 소매가 짧은 옷을 만들어 입다가 추운 겨울철에는 털로 된 두꺼운 외투를 걸쳐 입기도 하고, 너희 같은 형제들을 잡아다가 가죽을 척 벗겨 내고서는 목도리를 둘둘 두르고 다니기도 하지."

"할아버지. 사람들은 너무 끔찍하고 잔인해요. 아무리 그래도 그렇지 어떻게, 우리 가죽을 벗겨 내서 목도리를 할 수가 있나요!"

금이와 옥이는 할아버지의 이야기를 듣고 소스라치게 놀랐다.

"그렇지만. 너희들은 사람들의 옷을 부러워할 필요가 없어. 너희들이나 나나 옷이 한 벌이면 충분하잖아. 그런데 말이다, 사람들은 옷을 계절 따라 바꾸어 가며 갈아입어야 하고, 늘 무슨 옷을 입어야 할지, 고민하고 갈등하면서 살아야 해!"

"그냥 옷을 아무거나 입으면 되지 않나요?"

"남들이 예쁘고 멋있는 옷을 입고 다니면, 도저히 참지를 못

하지. 자기도 당장 그런 옷이나 더 좋은 옷을 사 입고 싶어 안달하는 그런 묘한 심리가 있어."

"할아버지. 사람들은 정말 이상한 동물이네요."

"나도 그렇게 생각하고 있지만, 그 어떤 누구도 사람들의 그런 행동을 지금까지 막을 수는 없었어."

금이와 옥이는 옷 때문에 고민하고 갈등하는 사람들이 갑자기 측은하게 느껴졌다.

"참, 더 놀라운 소식은 말이야. 사람들은 너희들뿐만 아니라. 소와 양이나 악어를 잡아먹고는 그 가죽으로 저희들 옷을 지어 입거나, 가방을 만들어 들고 다니기도 해. 코끼리를 잡아 상아를 장식품으로 보관하기도 하고, 웅담이 몸에 좋다고, 곰을 잡아다가 쓸개를 꺼내 먹기도 하지!"

"할아버지. 사람들이 그런 끔찍한 짓을 저지르고 있는데 죄를 받아야 하는 것 아니에요?"

"당연히 그 죗값을 어떡해서든 받고 말고. 자신들이 만든 자동차를 몰고 다니다 서로 들이박아 다치기도 하고. 비행기를 타고 가다 하늘에서 떨어져 죽기도 하고, 아니면 자신들이 지은 아파트나 건물이 무너져 다치거나 죽기도 해!"

금이와 옥이는 사람들이 죄를 짓지 않고, 자신들과 함께 어울려 사는 그런 날이 하루빨리 왔으면 했다.

"나는 사람들이 처음부터 죄를 저지르고 다녔던 것은 아니라고 생각해. 살아가면서 자꾸 욕심이 생겨서 그렇게 된 것이라고 여겨져! 사람들과는 달리 너희들과 같은 동물은 말이다. 생존에 꼭 필요한 때만 먹이활동을 하고 살아가고 있는 데 반해 사람들은 뭐든지 막 쌓아 두지를 않으면 왠지 불안한가 봐."

"할아버지. 그런데 사람들은 우리와 왜 그리 달라요?"

"달라도 너무 다르지, 마치 화성이나 금성에서 온 것 같다고 생각하면 돼."

"다른 별에서 왔다는 거에요?"

"우리 지구에서 사람들만이 자연을 거스르며 살고 있으니 말이다!"

"할아버지. 지금쯤 하나님은 사람을 만드신 것을 후회하고 계시겠네요. 후후."

"아마. 그러실지도 모르지. 내가 그동안 사람들을 쭉 지켜봤을 때, 우리 고을이 장수마을이기는 하지만……. 사실 백 년을 넘게 살다가 간 사람은 거의 없었던 것 같아. 그런데 사람들은 자기들은 죽지 않고 영원히 살 것처럼 행동을 해."

금이와 옥이는 이러한 것들은 다 사람들 욕심 때문이라고 생각했다.

"참 죽음이라는 건 말이다. 그것을 우리는 축복으로 받아들여야 해!"

"할아버지. 죽음이 축복이라고요. 말도 안 돼요!"

"너희들은 잘 몰라서 그래, 죽음은 큰 축복이고 말고. 불행이나 슬픔 같은 것은 절대 아니야. 죽음을 억지로 피하려는 것은 참으로 어리석은 행동이야. 나는 이 자리가 죽음 자리라고 생각해!"

금이와 옥이는 할아버지가 죽음을 이야기하면서도 무엇이 그리도 즐거운지 싱글벙글하고 있는 까닭을 알 수가 없었다.

"죽음은 돌아가는 거야. 아버지 하나님의 품으로 말이야. 그러니 기쁘지 않겠어!"

"그러면 할아버지는 만약, 지금 돌아가신다 해도 기뻐하실 거예요?"

"그거야, 당연하지. 하나님의 심부름을 다 하고 하나님 품으로 돌아가는데 두렵고 겁날 것이 무엇이 있겠어!"

금이와 옥이는 할아버지가 정말로 죽음을 두려워하지 않으시는 것 같다는 생각이 들었다.

살랑살랑 남녘에서 봄바람이 불어오고 있었다. 멀리 들녘 저 너머로 아시랑이가 너울너울 피어오르고 있는 신단리 들판을

할아버지는 빙긋이 미소를 지으며 바라보시다가 살랑 바람의
장단에 맞춰, 가지를 천천히 휘저어 가며 춤을 추기 시작하였다.

"할아버지 앞으로 태풍이 몰려와도 춤을 추실 거예요?"

“그럼. 그때는 엉덩이까지 들썩이며, 더욱 신나게 춤을 출 거야!”

“할아버지. 어떤 나무들은 태풍에 뿌리가 뽑혀 쓰러져 죽기도 하잖아요.”

“그건 말이다. 그 나무가 자신이 감당할 수 없을 정도로 분수도 모르고 너무 과하게 춤을 추었기 때문이라 할 수 있지. 무슨 일이든지 지나치면 화를 부르는 법이란다.”

“바람 때문이 아니고요?”

“다들 바람 때문이라고 하지만 그건 아니야. 그런 나무들을 보면 마음이 아파.”

할아버지는 태풍에 쓰러진 나무들을 볼 때마다 늘 마음이 아팠던 것이다.

“너희들도 이제부터 들판을 뛰어다닐 때는 무턱대고 달릴 것이 아니라, 춤을 추듯이 리듬에 맞춰 뛰면서 달려 봐. 그러면, 달리는 일이 얼마나 신나는 일인지를 알게 될 거야!”

　금이와 옥이는 할아버지로부터 이 말을 들은 이후로, 들판을
달릴 적에는 가끔 폴짝폴짝 뛰어오르기도 하면서 달려 보았다.
그랬더니 무작정 뛰어다닐 때보다 훨씬 더 신이 나는 것을 알
수 있었다.

　봄비가 촉촉이 신탄리 들판을 적셔 주고 있는 어느 봄날이었
다. 들판에서는 민들레, 질경이, 제비꽃, 자운영 같은 들꽃들이
앞다투어 고개를 내밀며, 이제야 우리의 세상이 돌아왔다며 소
리치고 있는 것 같았다. 들판은 마치 잔칫날처럼, 와자지껄한
분위기에 휩싸여 한층 들떠 있는 것을 느낄 수 있었다.

"금이야 옥이야. 비는
처음에 어디서부터 시
작되었지 알아?"

"그야. 하늘에서 내
리니 하늘에서부터 시작되
었겠지요."

"아니야. 비가 하늘에서 내리는 건 맞지만, 처음은 땅과 산과
들, 그리고 강과 바다에서부터 시작하는 거란다. 사실 땅과 산,
강과 바다는 하나야. 심지어 저 하늘의 달과 별들까지 모두가
하나야."

"할아버지. 그건 말도 안 돼요!"

금이와 옥이는 할아버지가 억지로 꾸며 낸 말이라고 생각했다.

"너희들이 하나님의 눈으로 보면 그걸 쉽게 알 수가 있을 텐
데……."

"저희가 어떻게 하나님의 눈으로 볼 수가 있어요."

"세상에 너희들이라고 그러지 말라는 법이 어디 있어!"

"저희들은 사람들처럼 생각이 없잖아요."

"아니야. 생각은 없어도 하나님의 창조의 눈으로 바라보기만
하면 돼."

금이와 옥이는 할아버지의 말씀을 듣고 나서 자신들도 하나님
의 창조의 눈으로 세상을 볼 수 있으면 얼마나 좋을까 생각했다.

'땅과 강과 바다와 저 하늘의 별들이 모두 하나라니……. 은행
나무 할아버지 말씀대로라면 우리들도 모두가 하나가 아닌가.'

오누이는 이 세상의 모든 것이 하나라 게 너무 의아스러웠다.

"사람들은 왜 자신은 불행하다고 생각하며 사는지 모르지?"

"……."

"할아버지는 그걸 어떻게 아셨어요?"

"나는 사람들 얼굴을 보면 금방 알 수가 있지."

"이상해요. 사람들은 우리가 하지 못하는 생각을 하면서 살고 있는데, 그러면, 더 행복하게 살아야 되는 것 아니에요?"

"금이야 옥이야. 하나님은 사람들에게 생각이라는 선물을 주시긴 하였지만 오히려, 그 생각이 사람들을 더 불행하게 만들고 말았던 거야."

"어머, 할아버지. 하나님은 정말 공정하신가 봐요!"

"공정하시고 말고. 빠져나갈 바늘구멍 하나 남겨 두지를 않으셔."

"그러면, 사람들보다 우리가 더 행복한 거네요. 할아버지!"

금이와 옥이는 사람으로 태어난 것보다 족제비로 태어난 것이 천만다행이라는 생각을 하게 되었다.

"나는 오, 육백 년을 살아오면서 깨달은 것이 하나 있어."

"무엇을 깨달았다는 말이에요?"

"나는 하나님의 심부름으로 이 땅에 왔다는 것을 말이야. 그리고 심부름을 다하고 나면 다시, 하나님의 품으로 다시 돌아가게 된다는 것을 깨달았지."

"저희들은 죽으면 어떻게 되나요?"

"너희들도 다 마찬가지야. 하나님의 품으로 돌아가는 건."

할아버지의 깨달음에 대한 이야기는 끝이 없었다.

"나는 이 땅이 바로, 하나님의 품이라는 것을 이미 알았어! 내가 하나님의 심부름을 잘하고 있으면, 하나님은 가을이 되면, 나에게 풍성한 열매를 맺게 해 주시지."

"은행을 맺는 것이 하나님 심부름 덕이라고요!"

오누이는 할아버지가 지금 하고 계시는 말이 도저히 믿어지지 않았다.

"어릴 적에는, 내가 이 땅에 하나님 심부름으로 온 줄도 모르고. 내 마음 내키는 되는대로 마구 살았지. 태풍이 오면 태풍이 불어온다고 탓하고, 가뭄이 들면 목이 탄다고 하늘에다 대고 욕을 마구 퍼부어댔지. 그랬더니 가을이 되었는데도 은행알이 하나도 열리지도 않는 거야!"

금이와 옥이는 은행나무 할아버지가 얼마나 당황했을지 알

것만 같았다.

"말도 말아. 사람들은 나를 보기만 하면 은행도 안 열리는 병신 나무라고 마구 놀려댔지. 당장 베어 버려야 한다는 동네 소문을 듣고서야 얼마나 놀랐는지 몰라."

금이와 옥이는, 자칫했으면 지금의 할아버지를 만나지 못했을 수도 있었겠다는 생각이 들었다.

"그러면 할아버지도 어릴 때는 하나님의 심부름으로 이 땅에 왔다는 것을 몰랐었다는 말이에요!"

"그래, 나도 깨닫기 전에는 그랬었단다."

은행나무 할아버지는 지난날을 회상하며 먼 하늘을 올려다보았다.

"너희들도 알다시피 우리가 심부름을 왔으면 심부름을 잘하고 돌아가야 하는 건 당연한 일이지 않을까? 그러면, 하나님이 예쁘다고 머리를 쓰다듬으며 칭찬을 해 주시고는 다음에도 또 심부름을 또 내려 보내 주시겠지. 그러지 않고 엉뚱한 짓만 하다 돌아가면 꾸중을 들을 수밖에 달리 도리가 없지."

은행나무 할아버지는 금이와 옥이에게 지난 살아온 이야기를 조곤조곤 들려주셨다.

"할아버지. 우리도 하나님의 심부름으로 왔다는 건가요?"

"그야, 물론이지."

"저희들은 그런 줄도 모르고 여태껏 들쥐나 잡아먹으며 그냥 막 살아왔어요."

"아니, 지금까지 하나님의 심부름이 무엇인지도 모르고 살아왔단 말이구나!"

"누가 가르쳐 주지도 않는데, 그걸 어떻게 알 수 있겠어요."

할아버지는 금이와 옥이의 말을 듣고 새삼 놀라지 않을 수 없었다.

"잘 들어보렴. 만약에 하나님이 생명이 살지 못하는 혹성 같은 곳에다 너희들을 심부름을 보냈다고 생각해 봐. 그러면 너희들은 벌써 굶어 죽었을 거야. 이제 그걸 알았으니, 지금부터 너희들은 어떻게 해야 될까?"

"당연히 하나님께 감사드려야 하지요."

"얼마만큼 감사를 할 건데."

"하늘만큼 땅만큼 하나님께 감사드리며 살아야 하겠지요."

은행나무 할아버지는 오누이가 금세 말을 알아듣는 것이 기뻤다.

"저희들도 죽으면, 하나님 품으로 돌아가는 것 맞나요. 할아버지?"

"그야 당연하지. 죽어서 하나님 품으로 가면 먼저, 심부름을 잘했는지 하나님께서 물어보실 거야."

"하나님은 우리에게 어떤 심부름을 해야 하는지 가르쳐 주지도 않고 그냥 내려보내는 그런 법이 어디 있어요?"

"그건 하나님 잘못이 아니란다. 너희들이 깨달아야 하는 거니까."

"그걸 어떻게 깨달을 수가 있어요?"

"내가 천천히 가르쳐 줄 테니. 너무 성급해하지 말아라. 급히 먹는 밥이 체하는 법이니까."

오누이의 연이은 질문에 할아버지는 그렇게 얼버무리고 말았다.

"심부름을 잘못하면, 우리는 이 땅에 다시 태어날 수는 없는 건가요?"

"당연하지. 그건 하나님의 일이긴 하지만."

"심부름을 잘했으먼 하나님이 심부름을 또 시키신다고요."

"내 생각으로는 너희들을 순한 소나 양과 같은 다른 동물로 다시 보낼지도 몰라!"

금이와 옥이는 어떻게든 하나님 심부름을 잘해서 소나 양으로 이 땅에 다시 태어나야겠다고 마음속으로 다짐을 했다.

　봄비가 촉촉이 내리자, 신탄리 들판에는 작은 물웅덩이가 하나둘 생겨났다. 겨울잠에서 깨어난 개구리들이 뛰쳐나와 물웅덩이 사이를 풀쩍풀쩍 뛰어다니며 봄 노래를 하였다. 개구리 한 마리가 '개굴개굴' 선창을 하면 뒤이어 다른 개구리들이 '개굴개굴 개구르르' 하며 후창을 하였다. 들판을 가만히 바라보고 있기만 해도 어깨춤이 덩실덩실 절로 이는 봄날은, 한마디로 절경이었다.

　"할아버지 큰일 났어요!"

　봄나들이 나갔던 금이와 옥이가 헐레벌떡 달려와 할아버지를 찾았나.

"세상에 큰일 날 일이 어디 있다고, 이리 호들갑을 떨고 그래."

할아버지는 눈 하나 꿈적하지 않고 태연스럽게 말했다.

"논두렁에 커다란 구렁이 한 마리가 나타나, 즐겁게 노래하고 있는 개구리를 한입에 쏙 삼켜 버렸어요! 뱀 입속으로 들어가며 개구리가 뒷다리를 파르르 떠는 모습이 지금도 눈앞에 선해요. 그 뱀을 어떻게 해요?"

금이와 옥이는 개구리의 그런 모습이 너무 측은했던 것이다.

"그 개구리는 다른 동료 개구리들을 위해, 자신을 희생한 거야! 한마디로 자신 몸을 살신한 거라 할 수 있지."

"살신이라고요. 할아버지는 왜, 죽어 가는 그 개구리의 입장에서는 생각해 보지 않으세요?"

"그건 다 하나님의 일이니까. 그래."

금이와 옥이는 그 개구리의 죽음이 너무 안타까워하다 어찌할 바를 몰랐다.

"들판에서 합창하는 개구리들 중에서 그 어떤 한 마리는 어차피 죽음을 맞아서야 했어. 너희들은 왜 자꾸 그 개구리의 입장에서만 생각하니. 큰 눈으로 봐! 개구리라는 전체 집단에서 보면 나처럼 생각할 수 있게 될 거야. 그 개구리는 죽은 것이 아니야!"

"그런 게 죽은 것이 아니라면, 어떤 게 죽은 것인데요. 할아버지."

"……."

금이와 옥이는 두 눈으로 똑똑히 뱀이 그 개구리 삼켜 버려서 죽는 것을 분명히 보았는데도 죽지 않았다고 이야기하는 할아버지의 깊은 속뜻을 참으로 이해할 수가 없었던 것이다.

"할아버지. 우리에게 하나님은 어떤 심부름을 시킨 거예요. 가르쳐 주서야지요."

"하나님은 말이다. 너희들에게 이 신탄리 들판에 들쥐가 너무 들끓어 사람들 농사를 망치게 하는 일이 없도록 지켜 주라는 심부름을 주셨지."

"그러면, 저희들은 마음껏 들쥐들을 잡아먹어도 되겠네요."

"그러면 꾸중을 듣게 되겠지. 살아가는 데 부족하지 않을 만큼만 먹이 활동을 하고 들쥐 한 마리를 잡아먹어도 늘 하나님께 감사하는 마음을 가져야 해!"

은행나무 할아버지는 잠들기 전에는 잠깐이라도 오늘 하루를 무사히 지낼 수 있게 된 것에 대해 하나님께 감사를 드리고, 아침에 눈을 떠서도 먼저 하나님께 감사를 드리는 생활을 하였다. 금이와 옥이는 할아버지의 살아가시는 모습을 옆에서 지켜보면서 지금까지, 하나님께 감사하지 않고 막무가내로 살아온 자신들의 삶을 되돌아보면서 깊이 반성을 하였다.

"들쥐들도 하나님 심부름을 온 거예요. 할아버지!"

"그래, 좋은 질문을 하였구나. 들쥐들은 가을에 들판이 무르익으면 알곡들을 자기가 먹기도 하지만 그 알곡들을 입에 물고 이리저리 옮겨다 주는 일을 하지."

"들쥐들은 늘 나쁜 일만 하는 줄 알았는데 그게 아니었네요. 할아버지."

"그건 너희들이 하나님이 행하신 창조의 비밀을 모르고 있었기 때문이야. 그러한 사실을 너희들이 스스로 깨우친다는 것은 어려운 일이긴 해."

금이와 옥이는 하나님이 창조의 눈으로 지으신 이 세상이 얼마나 놀라운 것인지를 이제야 조금은 알 것 같았다.

"할아버지 저희 굴 앞을 어제부터 개미들의 행렬이 끝없이 이어지고 있어요. 혹시 개미들에게 무슨 일이라도 일어난 건가요?"

"무슨 일이 일어나긴. 너희들은 그 사실을 모르겠지만, 개미들은 장마가 올 것을 대비하여 저희들 집을 미리 안전한 곳으로 옮기려고 이사 가는 것이란다."

"그 작은 개미들이 어떻게 앞으로 닥칠 일을 미리 알아요?"

"개미들은 바람과 구름의 냄새 같은 것을 사람들보다 먼저 맡을 줄 안다고 해야 할까. 개미라고 너무 우습게 보이서는 안 돼."

"우습게 보는 것이 아니라 이상해서 그래요."

"그들이 하나님의 심부름을 얼마나 잘하고 있는지 아직 잘 모르고 있었네."

금이와 옥이는 개미들도 하나님의 심부름을 너무 잘하고 있다는 할아버지 말씀에 적잖이 놀라지 않을 수 없었다.

신탄리 마을 들판에 지루한 장마가 찾아왔다. 열흘을 두고, 낮에도 비가 오고, 밤에도 비가 내렸다. 논바닥에는 물이 찰랑찰랑 차올랐다. 가끔씩 천둥 번개가 칠 때는 하늘이 무너져 내리는 것만 같았다. 금이와 옥이는 굴속에 웅크리고 앉아 비가 그칠 날만을 기다렸다. 그동안, 들쥐를 한 마리도 잡아먹지 못해 배 안에서는 꼬르륵 소리가 났다. 하지만, 할아버지께서 해 주신 '굶어 죽으란 법은 없다.'는 말씀을 되새기며 하나님께 감사의 기도를 드렸다.

　언제 비가 왔느냐는 듯이 하늘은 쨍하게 맑았다. 굴속에 숨어 지내던 들쥐들도 굴 밖을 나와 찍찍거리며 이리저리 돌아다니기 시작했다. 금이와 옥이는 이제, 자신들이 신탄리 들판을 지키는 파수꾼이라는 생각에 가슴이 뿌듯해졌다.

은행나무 밑에서 드렁드렁 사람들 코 고는 소리가 들려왔다. 모내기를 하다가 날이 덥자, 돗자리를 펴 놓고 장정 몇 명이 드러누워 낮잠을 즐기고 있었던 것이다. 금이와 옥이는 사람들 코 고는 소리에 기가 새파랗게 질렸다. 꼼짝도 하지 못하고, 굴 안에서 숨소리를 가만가만 죽여만 했다. 혹시, 굴속에 족제비들이 살고 있는 것을 눈치채고 사람들이 덫을 쳐 놓고 불을 피워, 굴속으로 연기를 불어 넣기라도 하는 날이면 뛰쳐나가다 십중팔구 잡히고 말기 때문이었다.

"할아버지. 사람들도 하나님의 심부름을 받고 태어났나요?"

"이 세상 만물은 다, 하나님의 심부름을 받고 태어났고말고! 그런데 사람들 중에는 그런 사실을 아는 사람들이 별로 없어."

"할아버지가 가르쳐 주시면 되잖아요."

"너희들처럼 무엇이든지 배우려고 해야 가르쳐 주지. 자기들이 세상의 최고라고 거들먹거리는데 어떻게 가르쳐 줄 수가 있겠어."

저녁이 되어 사람들이 돌아가자, 금이와 옥이는 할아버지께 쪼르르 올라가 여쭤 보았던 것이다.

"너희들은 누가 너희를 낳았다고 생각하고 있니?"

"그야 당연히 부모님이시지요."

"부모님이 너희를 낳은 것은 맞는 말이지만, 사실 부모님도 하나님의 심부름으로 너희들을 낳은 기야."

"아니, 그러면 부모님 말고 우리를 낳아 준 진짜 또 다른 분이 계시다는 거예요!"

"생명의 씨앗을 준 창조주 하나님이 너희들의 진짜 아버지라 할 수 있지."

금이와 옥이는 할아버지의 이야기에 깜짝 놀라지 않을 수 없었다.

"너희들은 부모님의 몸을 잠시 빌리고 태어났을 뿐이야. 그런데 어리석게도 그동안 몸을 빌려준 부모님만을 부모님이라고 믿고 살아왔던 게지. 자기를 낳아준 진짜 부모님이, 누구인지 모르면 죄인이 되는데도 말이야."

오누이는 할아버지의 말씀을 듣고 갑자기 모든 것이 혼란스러워졌다.

"지금처럼 살았다가 나중에 너희들이 죽으면, 하나님으로부터 꾸중을 들을 것은 불을 보듯 뻔해!"

"할아버지. 그러면 지금부터 우리는 어떻게 살아야 되나요?"

"아까도 말했지만 하나님께 그냥 감사만 드리면 되지.

그것보다 더 쉬운 일이 어디에 있어. 하나님이 참 아버지이신 것을 이제부터 알고 감사하게 살면 돼."

금이와 옥이는 하나님께 감사하지 않고 제멋대로 사는 것이 하나님께 꾸중 듣는 일임을 깨닫게 되었다.

"금이야 옥이야. 부모님께 잘못하는 것을 우리는 불효라고 하지."

"예. 그건 알아요."

"하나님이 진짜 우리의 부모님이라는 사실을 모르는 것을 뭐라 하는지 알아?"

"처음 들어보는 말이라 잘 모르겠어요."

"그건 불은不恩이라 해. 말하자면 하나님 은혜를 모른다는 말이야!"

금이와 옥이는 지금까지 하나님의 은혜를 모르고 살아왔다는 사실이 더없이 부끄러웠다.

"안타까운 일은 요즘 부모님들 중에는 자식을 자기가 낳았다 하여 자기 자식이라고 우겨대는 부모님들이 의외로 많아."

"할아버지. 그러면 사람들도 하나님의 자식이고 저희들도 하나님의 자식이라면 다 같은 한 형제지간인 거 아니에요?"

"맞아, 다 형제지간이지. 깨달은 사람들은 그러한 사실을 이미 잘 알고, 너희들을 형제들로 대하지."

금이와 옥이는 할아버지의 말씀에 눈이 번쩍 뜨이는 것을 느꼈다.

"할아버지. 세상에 하나님 심부름을 제일 잘한 사람이 누구예요?"

"내가 알기로는 예수님이라고 할 수가 있지. 그분은 태어날 때부터 자신이 하나님의 아들이라는 사실을 알았지. 그분이 세상을 다녀간 이후로 많은 사람들은 자신이 하나님의 아들이고, 하나님의 심부름으로 이 땅에 왔다는 사실을 알게 되었던 거야!"

"만약, 그러한 사실을 모르고 살면 어떻게 되나요?"

"그 사실을 모르면 은혜를 모르는 불은不恩자가 되고, 죄인이 되고, 나중에 심부름을 잘못하였다고 하나님으로부터 꾸중을 듣게 되겠지. 뭐."

오누이는 차츰 자신도 하나님의 심부름으로 이 땅에 오게 되었다는 사실을 받아들였다.

"할아버지. 예수님은 이 세상 사람들은 다 죄인으로 태어난다고 하셨지요?"

"내가 그렇게 말했지."

"태이나면시 죄인이라는 밀은, 밀이 안 되잖아요. 할아버지."

"그건 말이다. 세상에 태어난 아가들이 어떻게 창조주 하나님이 자기의 진짜 아버지라는 사실을 알 수가 있었겠어. 그런 이유로 예수님을 빼고는 사람들은 태어날 때부터 다 죄인이라고 불렀던 거야."

"그래서 사람들을 죄인이라고 부르는 거네요."

"뒤늦게 자신이 죄인이라는 사실을 깨닫고 나서야 사람들은, 죄를 용서해 달라고 하나님께 울고불고하면서 매달렸던 거지."

금이와 옥이는 할아버지가 어떻게 그런 사실까지 알고 계신 것에 대해 너무 놀랐다.

"할아버지. 그러면 예수님이 태어나시기 전에 태어난 사람들은 모두 죄인으로 살다가 죽었겠네요!"

"아니. 이 녀석들이 큰일 날 소리를 하고 있네. 그건 전혀 그렇지 않아. 예수님이 태어나시기 전에도, 깨달을 사람들을 죄인이라 부를 수는 없어."

"창조주 하나님이 진짜 아버지라는 걸 몰랐을 거 아니에요."

"비록, 하나님이 진짜 아버지라는 사실은 몰랐다 해도 세상 만물을 창조주께서 빚었다는 것을 어떻게든 알고 있었으니까 죄인이라고는 할 수는 없는 게지!"

금이와 옥이는 하나님의 창조의 비밀이 점점 더 궁금해지지 않을 수 없었다.

　장마가 지나가고 날이 점차 무더워지는 여름이 돌아왔다. 은행나무 가지 위에는 매미들이 날아와 여름을 노래하기 시작했다. '맴맴- 매앰 맴맴맴- 매앰.' 매미 소리에 신탄리 들판은 온통 축제 분위기에 휩싸여 들고 있었다.

　"할아버지. 매미들 때문에 시끄러워서 낮잠을 잘 수가 없어요!"

　"너희들은 매미들이 우는 것이라 생각하니?"

　"매미들이 울지 않으면 지금 노래하고 있다는 말이에요?"

"매미들은 울어야 할 아무런 이유가 없어. 누가 매미를 일부러 때린 것도 아니고 말이야."

"할아버지. 저희들 귀에는 매미들이 자꾸 우는 소리로 들려요."

"그건, 너희 오누이가 매미를 한 형제로 보고 있지 않기 때문인 거야."

금이와 옥이는 할아버지 말씀에 말문이 꽉 막히고 말았다.

늦여름으로 접어들자, 그렇게 시끄럽게 울어대던 매미 소리도 점점 잦아들기 시작하였다. 초록으로 빛나던 은행나무 잎들도 이제는 연노랑을 지나 노란빛으로 곱게 물들기 시작하였다.

"할아버지. 이제는 옷 색깔이 좀 바뀌어졌네요!"

은행잎 색깔이 점차 노랗게 물들어 가는 것을 보자 금이와 옥이는 지금 할아버지가 어떤 생각을 하고 계신지 궁금해졌던 것이었다.

"그건 말이다. 내가 노랗게 은행잎들을 단장하여 떠나보낼 준비를 하는 거란다."

"많이 서운하시겠어요. 그죠. 할아버지."

"앞으로 이 은행잎들은 내 발밑에 떨어져 거름이 될 건데, 무엇이 서운해. 즐거운 이별을 준비하는 거지. 이 또한 기쁜 일이야!"

금이와 옥이는 은행나무 할아버지는 진짜 깨달은 분이라는 것을 느꼈다.

"너희들은 잘 모르지. 하나님이 계시는 하늘에는 섭리라는 게 있다는 것을."

"저희들도 그 섭리를 알 수가 없나요!"

"그것은 깨달은 사람만이 알 수 있는 일이라 너희들이 알기에는 좀 어려울 거야. 단지, 너희들은 심부름만 잘하면 돼. 이 땅에 보내 주신 것에 고마워하고, 감사하고, 그것만 잘하면 돼.

그리고 너희들이 누구를 만나든 친구나 형제처럼 반가워하고."

그런 말을 해 주시고 나서 할아버지는 혼자서 '고반감…….
고~반감.' 하면서 흥얼거리셨다.

"할아버지. 고반감은 어떤 감인데요."

"흐흐흐. 그건 홍시가 되는 그런 감이 아니야. 고맙고, 반갑
고, 감사하다는 말을 줄여서 한 말이란다!"

"그 노래를 저희들에게도 가르쳐 주시면 안 되나요?"

"그냥, 고반감이라고 반복해서 흥얼거리기만 하면 돼. 특별한
가사 같은 것은 없어."

오누이는 할아버지가 참으로 이상한 분이라는 생각이 들었다.

가을이 찾아들고 있었다. 들판을 가득 채우고 있던 벼 이삭들은 고개를 푹 숙이고, 불어오는 바람결에 파도처럼 이리저리 일렁거렸다. 신탄리 들판은 금빛으로 불타오르는, 놀라운 장관을 펼쳐 내고 있었다. 금이와 옥이가 드나드는 굴 입구에도 노란 은행잎이 한 잎 두 잎 쌓여 가기 시작하였다. 가끔씩 은행나무 위에, 주렁주렁 매달려 있던 은행알들이 바람결에 후두둑 떨어져 내렸다.

"할아버지. 은행에서 왜 이렇게 똥 냄새가 나요?"

떨어진 은행에서 똥 냄새가 나는 것을 도저히 참지 못하고 금이와 옥이는, 쪼르르 할아버지에게 달려가 그 이유를 따지듯 물었다.

"세상에 똥이 거름으로는 최고라는 사실을 아직 너희들은 모르고 있었구나. 은행알에서 풍겨 나는 그 똥 냄새가 나는 얼마나 구수한지를 몰라."

"그 냄새가 구수하다고요. 할아버지는 코가 어떻게 잘못된 것 아닌가요?"

"너희도 하나님의 창조의 코로 그 냄새를 한번 맡아 봐! 그건 너희들이 아직도 깨닫지 못해서 그런 거야."

"……"

할아버지의 그 말씀에 금이와 옥이는 입이 쏙 들어가고 말았다.

"그러면 하나님은 눈도 있고, 코도 있다는 말인가요."

"물론이지. 그뿐이겠어. 귀도 있고 입도 있지."

"사람들하고 똑같은가 봐요."

"그야, 하나님의 형상대로 사람들을 빚었으니까. 그럴 수밖에."

"……."

"지금도 심부름으로 내려보낸 세상 만물이 떠들어대는 소리 다 듣고 계시지. 언제나 하늘에서 훤히 너희들을 내려다보고 계셔. 그러니 너희들도 하나님을 속일 생각일랑 아예 말아야 해."

할아버지의 뼈 있는 한마디에 금이와 옥이는 다소곳이 고개만 숙이고 있을 뿐이었다.

"금이야 옥이야. 너희들은 너희들의 그 짧은 생각으로 하나님을 헤아리려 했다가는 큰코다쳐. 이 넓디넓은 우주의 질서와 변화를 다 관장하고 계시는데 너희들이 어떻게 헤아릴 수가 있겠니. 그러니 아무 생각 말고 나처럼 전부를 하나님께 내맡겨 버리면 돼."

"심부름까지 맡겨도 돼요?"

"그것까지 하나님께 맡겨 버리겠다고. 아니 이 녀석들이. 그건 심부름을 아예 안 하겠다는 말이나 다름없는데도 말이야. 그러면, 나중에 하나님 품에 돌아가 혼 꾸중이 날 거야."

"장난으로 말한 거예요. 할아버지!"

"하나님을 두고 장난치는 건 도저히 용서받지를 못해. 사람들이 성경책 위에 손을 올려놓고 맹세하는 건 하나님과의 약속을 의미해."

"저희들도 약속을 해야 하나요?"

"너희들은 그저 이 땅을 잘 구경하라고 소풍 보내 주신 데 대해 하나님께 고마워하고, 감사하기만 하면 된다고 하지 않았나."

"……."

"그리고 지나가는 바람이나 흘러가는 구름이나 들판에 핀 들꽃을 보면 반가워하면 그뿐이야."

금이와 옥이는 할아버지의 말씀을 듣고는 하나님 심부름을 하는 것이 너무 쉽다는 것을 알고 마음이 한결 가벼워졌다.

"금이야 옥이야. 너희들 길가에 노랗게 핀 민들레를 본 적이 있지."

"민들레 말인가요. 봄이면 너무나 흔해 어디서나 볼 수 있는 꽃이잖아요."

"그래. 그 민들레를 자세히 들여다본 적은 있었니?"

"저희들은 민들레 꽃대궁 위에 알사탕 같은 꽃씨를 보고 입으로 훅훅 불면서 장난을 친 적은 있어도 자세히 살펴본 적은 없어요."

"너희들이 민들레에게 하나님의 심부름을 잘해 주었구나."

"우리가 심부름을 한 것이라고요?"

"그래. 그것도 다 하나님의 심부름이었어."

금이와 옥이는 장난을 친 것뿐인데 심부름을 잘했다는 할아버지 말씀이 의아스럽기만 했다.

"민들레는 누구를 자신의 부모님이라 생각하고 있을까?"

"그야. 당연히 자신을 낳아 준 민들레겠지요."

"그렇다면, 이 땅이 없었다면 민들레가 꽃을 피울 수가 있었을까?"

"그러고 보니, 이 땅이 민들레의 부모님이네요. 할아버지."

"금이야 옥이야. 이 땅이 아무리 있으면 뭘 해. 생명의 씨앗이 있어야지."

"할아버지. 이제야 알았어요. 생명의 씨앗을 처음에 만드신 분이 진짜 부모님이시라는 것을요."

오누이는 할아버지의 말씀에 순간, 눈이 번쩍 뜨이는 것을 느꼈다.

"민들레는 하나님의 심부름으로 이 땅에 왔다는 것을 알고 봄이 되면 열심히 꽃을 피우고, 꽃씨를 멀리멀리 날려 보내지. 너희들은 민들레 꽃대궁 위의 꽃씨를 후후 장난으로 불었지만 그 민들레는, 너희들에 무척 고마워했을 거야. 꽃씨를 멀리 날리

게 도와줘서."

금이와 옥이는 하나님이 만들어 놓은, 이 땅과 이 우주의 오묘한 신비에 감탄하지 않을 수가 없었다.

"금아 옥아, 들판에 가면 전봇대가 서 있는 것 보았지!"

"저희들은 저 전봇대가 뭐 때문에 서 있는 건지 늘 궁금했어요."

"그건 말이다. 전선을 연결해 발전소에서 만든 전기를 가정이나 공장으로 보내 주기 위해 세워 둔 것이란다."

"밤에 마을에서 불을 켜는 것도 다 전기 때문이군요. 할아버지!"

"어떤 전봇대 위의 전선이, 전기는 자기 몸을 통해 내보냈으니 자기 것이라고 벅벅 우긴다면 너희는 이런 상황을 어떻게 이해해야 할까?"

"그런 말도 안 되는 억지가 어디 있어요. 정신병자가 아니고서야!"

"창조주 하나님도 발전기와 같은 것이란다! 그런데, 천지 만물을 창조한 것이 누구인가를 알고, 잘 구경하고 오라고 사람을 만들어 지상에 내려보내 놓았더니, 자기 진짜 부모님이 누구인지도 모르고, 자기들이 세상에 제일 잘난 우쭐대고 있으니 하나님 마음이 어떠하시겠어?"

"잡아다가 죄인 다루듯이 해야지요. 저희들 같았으면 당장 불러올려 소리소리 호통을 쳤을 텐데, 하나님은 참 인자하신 분인가 봐요."

할아버지의 차근차근한 설명을 듣고 나서 오누이는 그제서야 자신들에게 생명의 씨앗을 주신 하나님이야말로 진짜 아버지라는 깨닫게 되었던 것이다.

어느 날 할아버지가 반가운 소식이 있다면서 오누이를 찾았다.

"등 긁어드릴까요, 할아버지!"

"그게 아니고. 며칠 전에 이 마을 이장님으로부터 들은 이야기인데, 너희들이 천연기념물로 지정되었다고 하더구나."

"천연기념물이 뭐예요? 그렇게 되면. 지금부터 저희는 어떻게 된다는 건가요?"

"아마, 이제부터는 사람들이 너희들을 잡으면 처벌을 받게 될 거야."

"우와. 신난다. 사람들이 드디어 깨달았나 봐요."

"그게 아니고 너희들이 멸종 위기에 있어 앞으로 국가 차원에서 지키고 보호해 주려고 한다는 거야."

금이와 옥이는 그동안 신탄리 들판에 살아오면서 다른 족제비를 한 번도 만나지 못했던 것이 의아스러웠다.

"너희들도 결혼을 하여 살림을 꾸려야 하는데 걱정이야."

"친구들을 만나야 사귀고 결혼을 할 거 아니에요."

"이제부터는 멀리 다른 동네에도 나가 보고 해. 그러면 혹, 친구들을 만날 수 있을지 몰라. 결혼하여 자식을 낳아야 하나님 심부름을 다하는 거야."

오누이는 앞으로 이 신탄리 들판에서 족제비들이 사라지게 될 것이라는 할아버지 말에 걱정이 되어 밤잠을 이룰 수가 없었다.

"이렇게 된 건 너희들의 잘못이 아니라 다 사람들 잘못이란다. 앞으로 너희들이 사라지고 나면, 이 신탄리 들판은 들쥐들의 천국이 되고 말 거야!"

"너희들이 결혼하여 자식을 많이 두는 것도 하나님의 심부름인데 말이야."

은행나무 할아버지는 이런 이상한 세상을 만들어 낸 것은 다 무지한 사람들 탓이라며, 사람들 욕심이 그 화근이라고 했다.

신탄리 들판에 겨울이 다시 돌아와 할아버지 은행나무 가지에 아슬아슬 매달려 있던 은행잎도 거의 다 떨어지고, 가지에는 은행잎이 한두 잎 정도밖에 남지 않았다. 할아버지도 이제부터 봄을 기다리며 새 옷을 갈아입을 준비를 하고 있었다. 들판을 가로질러 흐르던 실개천의 얼음도 서서히 풀리고 봄 내음이 이곳저곳에서 물씬 피어나기 시작하였다.

오누이는 할아버지가 결혼을 하는 것이 하나님의 심부름을 다 하는 일이라는 말을 떠올리며 오랜만에 이웃 마을까지 나들이를 나갔다. 가끔 찍찍 찌이찍 소리를 질러대며 이웃 들판에 사는 족제비들에게 신호를 보내 보았지만, 돌아오는 것은 빈 메아리뿐이었다. 달이 뜨는 한밤중에야 집으로 돌아온 오누이는 완전히 풀이 죽어 있었다.

"이장님, 이장님!"

논갈이를 하기 위해 마침 들판에 나온 이장님이 은행나무 밑을 지나가자 할아버지가 큰 소리로 이장님을 불렀다.

"사실, 밑둥치에 오누이 족제비가 살고 있는데 알고 계셨나요!"

"아니, 족제비가 살고 있었어요. 그러지 않아도 우리 들판에서 족제비들이 사라져 어떡해야 하나 고민하고 있었어요. 얼마 전에 마을 회의를 열어 어디에서 족제비를 구해 올 것인지 걱정을 많이 했는데 너무나 잘된 일이네. 후후."

이장님의 얼굴에서는 이내 환하게 화색이 감돌았다.

한 달쯤 지나서였다. 이장님이 싱글벙글하면서 은행나무 할아버지한테로 다가왔다. 다른 마을에도 수소문해 보았지만 족제비는 천연기념물이라 달리 구할 수가 없었다며 동물원에 특별히 부탁해 어린 족제비 두 마리를 곧 입양하기로 했다고 했다. 앞으로 신탄리 마을을 족제비 보호 마을로 만들겠다는 기쁜 소식을 할아버지에게 전해 주고 갔다.

"금이야 옥이야. 너희들이 새 굴을 하나 파야겠다."

"할아버지. 우리도 개미처럼 이사를 가라고 하시는 거예요."

"그게 아니라 너희들도 곧 새 식구를 맞이할 준비를 하라는 거야."

"이제. 우리도 결혼하게 되는 것인가요!"

"신랑 신부 될 족제비를 맞이하는 것이 아니라, 어린 족제비 두 마리를 이장님께서 입양해 주시기로 하셨대."

금이와 옥이는 비록 결혼을 못 하게 되었다는 서운함은 있었지만 어린 새 식구가 들어온다는 말에 뛸 듯이 기뻤다. 이장님은 은행나무 족제비 굴 입구에다 '천연기념물 족제비의 집'이라는 팻말을 써 붙여 주시고는, 나지막하게 울타리까지 쳐 예쁘게 집 단정을 해 주고 가셨다.

"와, 신난다. 이제 우리들의 세상이다. 만세! 만세!"

　어린 족제비 두 마리가 들어온 다음 날 아침 금이와 옥이는 아침에 일어나자마자 목이 터져라 큰 소리로 만세를 불렀다. 하늘에서는 영롱한 오색구름이 은행나무 위로 뭉실 피어올랐다. 할아버지는 예전처럼 '고반감 고~반감.'을 흥얼거리며 오누이를 불렀다.

　"금이여 옥이야. 가려운 내 등 좀 긁어 다오."

　"네. 저희들이 달려갑니다, 할아버지."

　오누이는 '고~반감' 장단에 맞춰가며 할아버지 등을 시원스레 긁어 드렸다. 신이 태어남 직하다는 신탄리 마을에 금이와 옥이 족제비 오누이에게 드디어 봄이 찾아온 것이었다.

-끝-

재미있는 동화책을 읽으면서
하나님을 믿게 될 것이다

이승하(시인 · 중앙대 교수)

저와 노희석 작가님과의 인연은 영등포구치소의 교회사敎誨師와 시 치료 프로그램 특강 강사와의 인연에서 시작되었습니다. 그때만 해도 저는 그를 교도관 중 한 사람이라고 생각했을 뿐이었습니다. 나중에 알고 보니 시인과 수필가로 활동하고 있는 문인이었습니다. 교도소 특강이라는 것은 몇 달 혹은 몇 번 나가면 끝나는 프로그램이어서 교도소 구내에서 또 바깥에서 식사를 몇 번 같이 했을 뿐, 노희석 작가와의 인연도 그것으로 끝난 줄 알았습니다.

정년퇴임한 것도 몰랐습니다. 그런데 장편 동화 3편을 보내왔고, 죽 읽어 보면서 깜짝 놀랐습니다. 시도 수필도 잘 쓰지만 '이분의 실력은 아동 문학 쪽에 있구나.' 감탄을 하면서 3편을 완독했습니다. 보내 준 원고의 약력 난을 보니까 "지금은 '운명은 없다. 따뜻하고 밝고 맑은 생각이 우리의 운명일 뿐'이라는 생각으로 '따밝맑' 운동을 펼쳐 나가고 있다."고 적혀 있는 것이었습니다.

그러니까 3편의 동화는 모두 이 운동의 일환으로 쓴 것이었습니다. '어른들을 위한 동화'라는 단서가 붙어 있기는 하지만 저는 어른들만 읽을 동화가 아니고 어린이들이 읽어도 좋겠다는 생각을 했습니다.

200자 원고지 175쪽에 달하는 장편 동화『은행나무 할아버지』는 신이 태어났을지 모른다는 마을 신탄리神誕里에서 오, 육백 년째 살고 있는 은행나무와 그 나무의 밑동 자리 굴속에서 살고 있는 오누이 족제비 금이와 옥이의 대화가 주요 내용입니다.

가끔 등이 가려우면, 은행나무 할아버지는 오누이에게 등을 긁어 달라고 부탁하곤 했다. 그러면 오누이는 자기들이 할아버지를 도와드릴 수 있는 일은 바로 이 일뿐이라는 듯 잽싸게 굴속에서 기어 나와서는 은행나무로 올라가 할아버지의 가려운 등을 시원스레 긁어드리곤 하였다.

은행나무 할아버지와 족제비 오누이는 이런 관계였던 것입니다. 의좋은 친구 같기도 하고 친척 할아버지와 손자·손녀 사이 같기도 하고 스승과 제자 같기도 한 사이. 이야기의 시작은 밤새 눈이 펑펑 내린 날 아침 은행나무 할아버지가 금이와 옥이를 깨우는 데서 시작합니다. 오누이에게 눈이 부시도록 반짝이는 눈의 결정을 보여 주고 싶었던 것입니다. 육각형인 눈의 결정에 대한 설명을 하는 동안 눈이 녹으니까 할아버지의 설명은 눈의 결정을 보려면 '창조의 눈', 혹은 '하나님의 마음'을 가져야 한다고 말합니다.

즉, 왜 이 동화가 '어른을 위한 동화'인지 알게 하는 대목입니다. 금이가 "우리가 하나님의 마음을 어떻게 알아요?" 하고 물어보니까 은행나무 할아버지는 "모두가 다르지 않고 하나라는 사실을 알면 돼. 그것이 하나님의 마음이고 깨닫는 것이지."라고 대답합니다.

오누이가 은행나무의 거친 등껍질을 보고 "사는 게 두렵지 않으세요?" 하고 물어보니까 할아버지는 "사는 게 뭐가 그리 두려워! 태풍이 불어오고 눈보라가 몰아쳐도 나야 하나도 두렵지 않아. 다 하나님이 알아서 하시는 일인데 뭐." 하고 대답합니다. 이와 같이 동화는 은행나무 할아버지와 족제비 오누이와의 대화로 죽 진행이 됩니다. 할아버지는 먹이사슬이라는 자연의 법칙에 대해서도, 사고력과 상상력을 가진 인간이 세상을 지배

하게 된 경위에 대해서도 설명을 해 줍니다. 할아버지의 이야기는 인간의 잔인함에 대한 설명으로 이어집니다.

"참, 더 놀라운 소식은 말이야. 사람들은 너희들뿐만 아니라. 소와 양이나 악어를 잡아먹고는 그 가죽으로 저희들 옷을 지어 입거나, 가방을 만들어 들고 다니기도 해. 코끼리를 잡아 상아를 장식품으로 보관하기도 하고, 웅담이 몸에 좋다고, 곰을 잡아다가 쓸개를 꺼내 먹기도 하지!"

"할아버지. 사람들이 그런 끔찍한 짓을 저지르고 있는데 죄를 받아야 하는 것 아니에요?"

"당연히 그 죗값을 어떡해서든 받고 말고. 자신들이 만든 자동차를 몰고 다니다 서로 들이박아 다치기도 하고. 비행기를 타고 가다 하늘에서 떨어져 죽기도 하고, 아니면 자신들이 지은 아파트나 건물이 무너져 다치거나 죽기도 해!"

이와 같이 만물의 영장靈長인 인간의 폭력성과 문명의 무자비

함에 대해 말해 주던 할아버지는 인간의 무한 욕망에 대해서도 말해 줍니다. "너희들과 같은 동물은 말이다, 생존에 꼭 필요한 때만 먹이 활동을 하고 살아가고 있는 데 반해 사람들은 뭐든지 막 쌓아 두지를 않으면 왠지 불안한가 봐."라고 말하는데, 이 말에는 잉여 농산물, 공장 자동화, 보관과 유통, 자본의 축적, 재투자와 재개발 등의 의미가 내포되어 있습니다.

당연히 족제비 남매는 묻습니다. 사람들이 우리와 왜 그리 다른가 하고. 사람들만이 자연을 거스르며 살고 있다는 할아버지의 말에 "지금쯤 하나님은 사람을 만드신 것을 후회하고 계시겠네요." 하고 말하자 할아버지는 자신이 믿고 있는 하나님에 대한 이야기를 재미있게 극화하여 들려줍니다. 즉, 우리는 모두 하나님의 심부름꾼으로 지상에 왔다는 것을 자상하게 설명해 줍니다.

그러니까 이 동화는 작가가 기독교 교리의 핵심을 신앙심이 없는 어른과 어린이들에게 전해 주기 위해 쓴 것입니다. 생명의 창조, 그 기막히게 신비로운 과정을 오누이에게 자상하게 설명해 주고 있는 것입니다. 뱀이 개구리를 한입에 삼켜 버리는 광경을 보고 기절초풍하는 오누이에게 '하나님의 심부름'에 대해 설명을 자상하게 해 주기도 합니다. 그리고 들쥐 한 마리를 잡아먹어도 늘 하나님께 감사하는 마음을 가져야 한다고 말한 뒤

다음과 같이 감사의 이유에 대해 설명을 해 줍니다.

> 은행나무 할아버지는 잠들기 전에는 잠깐이라도 오늘
> 하루를 무사히 지낼 수 있게 된 것에 대해 하나님께 감
> 사를 드리고, 아침에 눈을 떠서도 먼저 하나님께 감사를
> 드리는 생활을 하였다. 금이와 옥이는 할아버지의 살아
> 가시는 모습을 옆에서 지켜보면서 지금까지, 하나님께
> 감사하지 않고 막무가내로 살아온 자신들의 삶을 되돌
> 아보면서 깊이 반성을 하였다.

아마도 이 동화의 주제가 집약되어 있는 대목이 아닐까요. 우
리가 종교를 가져야 하는 이유, 하나님을 믿어야 하는 이유, 신
앙생활을 해야 하는 이유가 이 대목에 잘 나타나 있습니다. 그
리고 할아버지는 "부모님이 너희를 낳은 것은 맞는 말이지만,
사실 부모님도 하나님의 심부름으로 너희들을 낳은 거야."라고
말하면서 천지창조의 비밀을 알려 줍니다. 할아버지는 이어서
"너희들은 부모님의 몸을 잠시 빌리고 태어났을 뿐이야. 그런
데 어리석게도 그동안 몸을 빌려준 부모님만을 부모님이라고
믿고 살아왔던 게지. 자기를 낳아 준 진짜 부모님이, 누구인지
모르면 죄인이 되는데도 말이야."라고 말하면서 기독교 교리를

차근히, 알아듣게 말해 주지요.

노희석 작가는 민들레 풀씨 하나도 땅이 없으면 자랄 수 없고 '생명의 씨앗'이 없이는 안 된다고 설명해 줍니다. 금이와 옥이는 할아버지의 자상한 설명을 듣고 '생명의 씨앗을 처음에 만드는 분이 진짜 부모님'이라는 것을 깨닫습니다. 할아버지가 해 주시는 이런 말도 기독교의 기본 교리 중 하나입니다.

> "창조주 하나님도 발전기와 같은 것이란다! 그런데, 천지 만물을 창조한 것이 누구인가를 알고, 잘 구경하고 오라고 사람을 만들어 지상에 내려보내 놓았더니, 자기 진짜 부모님이 누구인지도 모르고, 자기들이 세상에 제일 잘난 우쭐대고 있으니 하나님 마음이 어떠하시겠어?"

지금 우리가 살고 있는 이 세상에서 일어나고 있는 온갖 부정과 부패, 비리와 범죄가 하나님을 믿지 않는 것에 그 이유가 있다고 믿는 노희석 작가는 흡사 광야의 요한처럼 은행나무 할아버지의 입을 빌려 질타하고 있습니다. 세상의 타락이 인간의 오만과 편견, 욕망과 욕정에 있다고 믿는 작가는 이 한 편의 동화를 통해 신성의 발현을 갈망하고 복음의 전파를 희망하고 있습니다.

동화의 마지막에 이르러 족제비의 식구가 늘어납니다. 남매 지간이어서 결혼을 할 수 없는 금이와 옥이가 새끼 두 마리를 입양한 것입니다. 이장님은 은행나무 족제비 굴 입구에다 '천연기념물 족제비의 집'이라는 팻말을 써 붙여 주고는 나지막하게 울타리까지 쳐 예쁘게 집 단정을 해 줍니다. 해피 엔딩인 것입니다.

이 동화는 교회에서 여름 성경학교의 교재로 쓰면 최적일 책입니다. 집의 부모와 아이가 함께 읽어도 좋을 동화입니다. 어른은 동심으로 돌아가 이 동화책에 푹 빠질 것이고 아이는 재미있는 동화책을 읽으면서 하나님을 믿게 될 것입니다.

은행나무 할아버지

© 노희석, 2022

초판 1쇄 발행 2022년 12월 25일

지은이   노희석
삽화   박이우
펴낸이   이기봉
편집   좋은땅 편집팀
펴낸곳   도서출판 좋은땅
주소   서울특별시 마포구 양화로12길 26 지월드빌딩 (서교동 395-7)
전화   02)374-8616~7
팩스   02)374-8614
이메일   gworldbook@naver.com
홈페이지 www.g-world.co.kr

ISBN   979-11-388-1470-6 (03810)